Bénédicte GUETTIEI

ELLE EST TROP BELLE ZAZA!

GALLIMARD jeunesse GIBOULÉES

CE MATIN, QUAND TROTRO S'EST RÉVEILLÉ, C'EST SA GRAND-MÈRE QUI ÉTAIT LÀ. QUELLE SURPRISE !

TU SAIS, TROTRO, A DIT GRAND-MÈRE,
LE BÉBÉ A VOULU NAÎTRE CETTE NUIT.
TON PAPA ET TA MAMAN SONT PARTIS
À LA CLINIQUE.

NOUS IRONS LE VOIR QUAND TU AURAS PRIS TON PETIT DÉJEUNER ! DIT GRAND-MÈRE.
ALORS, JE VAIS LE PRENDRE COMME UNE FUSÉE ! RÉPOND TROTRO.

PARTONS VITE À LA CLINIQUE, JE SUIS PRÊT ! DIT TROTRO.

PFF ! PFF ! PAS SI VITE, TROTRO ! JE N'ARRIVE PAS À TE SUIVRE.

VOICI LA CHAMBRE
DE MAMAN.

MAIS OÙ EST LE BÉBÉ ? DEMANDE TROTRO.
IL DORT DANS SON PETIT BERCEAU, DIT MAMAN.

COMMENT ÇA ? DIT
TROTRO. IL DORT
QUAND JE VIENS
LE VOIR ? CE BÉBÉ
FAIT TOUT À L'ENVERS !
IL FAUT LE RÉVEILLER,
MAMAN ! JE VEUX
LUI DIRE BONJOUR !

IL FAUT LE LAISSER DORMIR,
MAIS VIENS LE VOIR, TROTRO.

VOICI TA PETITE SŒUR TROTRO !
ELLE S'APPELLE ZAZA !

ELLE EST TROP BELLE !

C'EST TROP CHOU COMME PRÉNOM !

ELLE A LES CHEVEUX TOUT FRISÉS COMME NANA !

ELLE SENT BON !

ELLE EST TOUTE PETITE !

REGARDE, MAMAN ! ELLE SOURIT EN DORMANT !